VERS

FAITS A SEIZE OU VINGT ANS.

C.

ÉPITRE

A PHILIS,

Sur les femmes qui se livrent à l'étude et à la culture des lettres.

Loin de toi, ma Philis, ces vulgaires censeurs
Dont le souffle ennemi, les discours corrupteurs,
Dé honteux préjugés infectant ma patrie,
Dans ton sexe ont blâmé les élans du génie;
Loin de toi ces mortels nés pour l'obscurité,
Véhémens orateurs de la stupidité,
Qui, s'arrogeant le droit d'agir d'après leurs ames,
Du temple des beaux-arts ont éloigné les femmes.
Ce sont eux qui naguère exhalèrent leurs cris
Sur les bords fortunés où méditait Genlis (*);
Voltaire a vu souvent leur impuissante envie
S'éveiller aux succès de sa jeune Emilie;
Aujourd'hui même encor, dans nos cercles brillans,
Leur orgueil déguisé fait la guerre aux talens.
Veux-tu les reconnaître? entends leur imposture
Vouloir interpréter les lois de la nature.
« Non, les dieux, diront-ils, n'ont pas fait la beauté
» Pour l'éclat du savoir. Ce sexe fut doté

(*) Il y a plusieurs années que cette épitre fut composée ; ainsi il ne s'agit point ici de démêlés récens, il s'agit d'un tems où Mme de Genlis prenait pour devise d'un bon ouvrage :

Depuis que je suis né j'ai vu la calomnie
Exhaler les poisons de sa bouche impunie.
Tancrède, Trag. de Volt.

» D'aménité, de grâce et de délicatesse ;
» Il élève à l'amour, instruit à la tendresse ;
» Mais la palme des arts, rebelle à ses travaux,
» Jamais ne l'ombragea de glorieux rameaux. »

Va, Philis, ne crains pas que ce discours t'outrage !
La satire des sots vaut mieux que leur suffrage ;
L'enfant de Pandion charmant l'écho des bois
Vit des monstres jadis croasser sur sa voix,
Et cependant toujours à la saison nouvelle
Ton cœur palpite encore aux chants de Philomèle.

Pour réfuter l'essaim de nos faux raisonneurs,
A leur subtilité j'opposerai des pleurs.
Vous dites, malheureux, que dans le sein des femmes
Le vrai talent jamais ne suscita ses flammes !
Voyez, jetez les yeux aux rives de Lesbos,
Quel accent s'entremêle au vague bruit des flots ?
J'entends, par intervalle, une voix solitaire,
Et je l'écoute encor qu'elle vient de se taire.
Hélas ! c'était Sapho demandant à la nuit
Qu la paix du sommeil ou l'amant qui la fuit.

O reviens m'enflammer, reviens à ma mémoire,
De deux doctes amans noble et touchante histoire !
Repeins-moi ces leçons où l'ardent Abailard
Enivrait Héloïse et du maître et de l'art !
Héloïse, touchante autant qu'on l'est à l'âge
Où l'amour dans nos cœurs vient régner sans partage,
Concevait des attraits plus grands que la beauté,
Et chérissait l'étude avec avidité.

Allons, rivaux jaloux des vertus que j'encense,
Trop absolus tyrans d'un sexe sans défense,
Sur des dons partagés vous ne disputez plus ;
Minerve de talens commerce avec Vénus.
Avouez que la femme instruite par les grâces,
Du Pinde comme vous peut s'applanir les traces.
Oui, les purs sentimens, l'imagination,

L'éloquence du cœur, l'aimable fiction,
Demandent les pinceaux ou la facile muse
Des Verdier, Beauharnais, Dévonshire ou Lasuze;
Dans l'art d'entretenir un objet éloigné,
La victoire est encore aux mains de Sévigné.

Pour toi Philis dont l'heureuse jeunesse
A tous les goûts se livre avec ivresse;
Qui sans quitter l'école des plaisirs,
Ce vaste champ où cueillent nos désirs,
Veux augmenter les douceurs d'une vie
Que nul pouvoir ne peut rendre infinie;
Qui veux changer en couronne de fleurs
Ce cercle étroit qui ceint notre existence;
Connaître tout, sonder les profondeurs
Des voluptés comme de la science;
Oui j'applaudis à ton ambition,
Des vérités va ravir le rayon;
Sois philosophe et même un peu savante,
Alors, je crois, l'ame est plus éloquente!
Lis nos Platons; sans perdre un sentiment,
Sans devenir plus légère ou plus folle,
De nos romans connais le ton frivole;
Et même encor si trop légèrement,
Tu ne vas pas reprocher savamment
A bien des gens de ne savoir pas lire,
Tu les verras pardonner au talent :
Le blâme seul excite la satire.
Femmes ou non, il faut bien vous le dire,
Martyrs constans de la haine des sots,
L'homme jaloux des vertus qu'il admire,
Dans votre éclat ne craint que ses défauts.

P J.-B. DALBAN.

LE PLUS BEAU JOUR

DE

LA VIE.

Fécond théâtre de nos peines
Où figure peu le plaisir,
Nos jours sont de mobiles scènes
Qu'il faut tour-à-tour parcourir.
Mais dans ce rapide passage,
Où nous nous hâtons malgré nous,
Il est un jour qui davantage
A droit de plaire à tous les goûts.
Quel est-il? on va vous le dire,
Et la jeune ame de Thémire
Va sur l'épreuve de ses sens
Vous développer ses penchans.

   Allons Thémire, on vous en prie,
Retournez à vos jeunes ans ;
D'un pied léger courez la vie,
Marquez sur les traces du tems
Le jour qui doit nous faire envie.

   Vous naissez;... c'est un bien beau jour
Pour la mère qui vous adore ;
Peut-être même pour l'Amour,
Non pour vous , vous dormez encore.

   Vous grandissez.... chaque matin
Joint un charme à votre innocence ;
Mais du plaisir l'utile main
Néglige encor votre existence.
De ce court sommeil de l'enfance ,

Non le rêve n'est pas si doux :
Votre ame est peu préoccupée
De ~~messieurs vos petits~~ joujoux *(De vos monotones)*
Et de Mistriss votre poupée.

Enfin vous aimez.... quel bonheur !
Thémire vous avez un cœur.
Jusqu'alors ignoré peut-être
Ce sens caché vous vient de naître :
Dans les bras de votre maman
Le don d'aimer vient vous surprendre;
De lui rendre un présent si tendre,
Arrangeant en secret le plan,
Vous baisez sa main généreuse;
Vos baisers ~~lui paient~~ ses soins. *(ont payé)*
Etes-vous tout-à-fait heureuse ?
Non, vous apprenez des besoins.

Un autre jour, de l'indigence
Vous soulagez l'humble douleur;
Vous connaissez la bienfaisance,
Mais avec elle le malheur.

Plus tard vous faites une amie,
Vous la perdez pour un amant.
Bientôt au bal on vous convie;
Est-ce le jour le plus charmant?
Hélas! vous excitez l'envie,
C'est un bien triste amusement.
Plus loin vous approchez Germance,
Ce jour serait assez serein :
A la traverse vient l'absence
Et le plaisir tourne en chagrin.
Il vous écrit.... et de sa lettre,
~~Qu'il était mal de vous permettre,~~
La lecture coûte un regret.
Que veut-il? vous faire promettre

De le voir encore en secret.
Au rendez-vous, de trop d'alarmes
Vos courts plaisirs sont menacés,
Vous l'évitez pour fuir les larmes,
Et cependant vous en versez.
Ah! dites-vous, je désespère
D'atteindre un bonheur incertain,
Toujours près et toujours lointain,
Promenant son ombre légère
Sur des objets qu'il fuit sans fin;
Nul jour encor n'a pu me plaire.
Attendez encore à demain,
Pressé d'un refus qui l'appelle
Germance va trouver l'Hymen;
Ce dieu met dans sa main fidèle
Le dépôt de votre destin
Et le doux poids de votre main.

Eh bien! avouez-le Thémire,
Voilà le plus beau de vos jours.
En vain la pudeur en soupire ,
Je vois votre bouche sourire
Au flambeau riant des amours,
Et sous le voile du mystère
Qui dissipe un cri téméraire ,
J'entends le mot approbateur
Qui promet ce jour au bonheur.
Ah! laissez la triste prudence
Dans des plaisirs souvent trompeurs,
Prévoir d'inévitables pleurs;
Des époux conter l'inconstance,
Et des nœuds de la confiance
Détacher sourdement les fleurs :
Un bonheur goûté sans ombrage,
La liberté de vos amours,

Cette liberté douce et sage
Et dont rien ne gêne le cours ;
Fait pourtant un jour sans nuage.
De ce jour le bonheur si plein
Balance bien, je le parie,
Toutes les peines de la vie.....
Tous les regrets du lendemain.

LE REFUS.

ÉLÉGIE.

L'AUTRE jour j'étais à ses piés,
Egaré, respirant à peine;
Autour d'elle mes bras liés
L'enlaçaient d'une double chaîne.
» Suis-je aimé? ne le suis-je pas?
Lui demandais-je avec instance,
» Parlez-moi, votre long silence
» Me coûte plus que le trépas;
» Ayez pitié de ma souffrance,
» Et sur-tout ne me trompez pas. »
Un moment, moment plein de charmes,
Je jouis de son embarras!
Comme un vaincu qui rend les armes,
Elle cessait de vains combats.
Mais bientôt sa franchise expire;
Libre de son nouveau lien,
» Allez, je ne dois rien vous dire,
» Dit-elle, vous ne saurez rien. »

Quoi! jamais ta bouche sincère
Ne fera couler dans mon sein
Ce baume heureux et salutaire,
L'espoir d'un bonheur plus certain?
Quoi! cruelle, et tu justifies
La plus noire des perfidies,
En opposant au désespoir
Le vain fantôme du devoir?

Mais le premier devoir sur terre,
C'est par-tout la sincérité.
L'honneur de ton ame écouté
Nous en fait la vertu première.
L'amant qui cherche à t'y porter,
Ne fait rien que te répéter
Ce que t'a dit cent fois ta mère.
Quelque jour, plus impérieux,
Et d'une voix plus éloquente,
Le regret te le dira mieux
Quand par ta faute, ô mon amante,
Le chagrin fermera mes yeux !
Alors, je le prévois d'avance,
Tu gémiras, mais vainement,
De cette folle résistance
Qui tourmente un fidèle amant.

LA SÉPARATION.

ÉLÉGIE.

Vis-tu contente au sein de ta retraite ?
Quand je t'appelle aux lieux où tu n'es plus ;
Sens-tu mon deuil dans ton ame inquiète ?
Loin de mes vœux tes pas sont retenus ,
Et par ta mère avec peine entraînée
Tu fus revoir sa demeure éloignée.
Sa volonté me coûta bien des pleurs ;
Mais si mes maux lui valent des douceurs ,
Qu'elle en recueille une volupté pure :
L'amour n'est pas jaloux de la nature.

Toi cependant n'as-tu point de regrets ?
Sur nos malheurs n'as-tu pleuré jamais ?

Va , fût le sort mille fois plus barbare ,
Ne blâmons point l'arrêt qui nous sépare ;
N'éclatons point en reproches jaloux :
Que peut le sort si l'amour est pour nous ?
Je t'adorai dans le sein d'une ville ;
Ce faux brillant, cette pompe futile ,
Frivole appât d'un monde séducteur,
Charmaient mes yeux sans enchanter mon cœur ;
Je t'aimerai d'une ame aussi fidèle ,
Dans ta retraite isolée et nouvelle.
Crois en nos feux qui trompaient les jaloux :
La ville même eut des secrets pour nous ;

L'amour prudent, au hameau solitaire,
Saura trouver le lieu du rendez-vous,
Et nos plaisirs plus fréquens et plus doux
De ses bosquets rempliront le mystère.

LA CONFESSION

D'UNE

MÉDISANTE.

Jusqu'a quinze ans je fus jolie,
Mon regard était vif et pur;
Dans mon langage la folie
A rien d'outrageant ni de dur
N'alliait jamais la saillie.
Comme on s'approche d'une fleur
Pour en respirer l'ambroisie,
Toujours sur ma bouche une amie
S'abreuvait du miel de mon cœur.

A quinze ans j'appris à médire,
Las! C'est apprendre à s'enlaidir;
Innocemment de la satire
Je savourais l'affreux plaisir.
Bientôt je ne vis plus sourire,
Chacun cessa de m'applaudir;
Dans les yeux je ne pus plus lire
Si je faisais peine ou plaisir :
Le moyen de se reproduire
Dans la glace qu'on veut ternir!

A vingt ans, jeune pigrièche,
Je mis en fuite les maris :

On ne croit plus la rose fraîche
Quand les guêpes y font leurs nids,
Et sur sa tige elle dessèche
Dans l'abandon et le mépris.

LE TOMBEAU D'AGLAURE.

Au monument glacé qu'un triste saule ombrage,
Ton amant, chère Aglaure, a traîné son veuvage.
Ah ! voilà donc l'asile où nous conduit la mort !
Après avoir aimé c'est ici qu'on s'endort !
C'est là qu'un monde vain a délaissé tes charmes,
Et qu'en t'abandonnant il t'a donné des larmes !
On le voyait jadis admirer tes appas :
Ses frivoles honneurs s'arrêtent au trépas;
L'amant seul est fidèle à l'objet qu'il adore,
Ce qu'il aima vivant, éteint il l'aime encore.